QUANDO VOCÊ SE SENTIR CULPADO

O grande erro de Henrique

LAUREN WHITMAN
Editora

JOE HOX
Ilustrador

Dados Internacionais de Catalogação na Publicação (CIP)
(eDOC BRASIL, Belo Horizonte/MG)

W614g   Whitman, Lauren.
　　　　　O grande erro de Henrique: quando você se sentir culpado / Lauren Whitman; ilustrador Joe Hox; tradutora Meire Santos. – São José dos Campos, SP: Fiel, 2023.
　　　　　22 x 22 cm – (Boas-Novas para os Coraçõezinhos; v. 11)

　　　　　Título original: Henry's big mistake: When you feel guilty
　　　　　ISBN 978-65-5723-259-0

　　　　　1. Culpa. 2. Irmãos e irmãs. 3. Literatura infantojuvenil. I. Hox, Joe. II. Santos, Meire. III. Título.
　　　　　　　　　　　　　　　　　　　　　　　　　　　　CDD 028.5

Elaborado por Maurício Amormino Júnior – CRB6/2422

A Série *Boas-novas para os coraçõezinhos* é escrita por Jocelyn Flenders. Jocelyn é formada pelo Lancaster Bible College, com experiência em estudos interculturais e aconselhamento. Ela é escritora e organizadora e vive na grande Filadélfia.

O grande erro de Henrique: quando você se sentir culpado

Traduzido do original em inglês
Henry's big mistake: when you feel guilty

Copyright do texto © 2022 por Lauren Whitman
Copyright da ilustração © 2022 por Joseph Hoksbergen

Publicado originalmente por
New Growth Press, Greensboro, NC 27404, USA

Copyright © 2021 Editora Fiel
Primeira edição em português: 2023

Todos os direitos em língua portuguesa reservados por Editora Fiel da Missão Evangélica Literária. Proibida a reprodução deste livro por quaisquer meios sem a permissão escrita dos editores, salvo em breves citações, com indicação da fonte.

Todas as citações bíblicas foram retiradas da Nova Versão Internacional (NVI), salvo quando necessário o uso de outras versões para uma melhor compreensão do texto, com indicação da versão.

Diretor: Tiago J. Santos Filho
Editor-chefe: Vinicius Musselman
Editora: Renata do Espírito Santo T. Cavalcanti
Coordenador Gráfico: Gisele Lemes
Tradução: Meire Santos
Revisão: Zípora Dias Vieira
Adaptação, Diagramação e Capa: Rubner Durais
Ilustrações da capa/interno: Joe Hox, joehox.com
ISBN (impresso): 978-65-5723-259-0
ISBN (eBook): 978-65-5723-260-6

Caixa Postal 1601
CEP: 12230-971
São José dos Campos, SP
PABX: (12) 3919-9999
www.editorafiel.com.br

"Portanto,
confessem os seus
pecados uns aos outros
e orem uns pelos outros
para serem curados"

Tiago 5:16

Na tarde de sexta-feira, o ouriço Henrique e sua irmã, Sofia, se despediram da senhorita Marluce e da Escola da Campina das Amoreiras com um aceno.

Sextas eram os dias favoritos deles porque podiam brincar até mais tarde.
E as mães faziam lanches especiais nas sextas, preparados para serem compartilhados com os amigos.

Henrique correu pelo campo para alcançar seus melhores companheiros, Diego e João.
Sofia seguiu atrás com Lorena e Délia.

Enquanto os meninos saltavam pela colina, as meninas colhiam frutinhas, mordiscando-as ao mesmo tempo que seguiam.

De repente, Sofia exclamou animadamente:
— Eu tenho uma ótima ideia! Vamos *blincar* assim: os animais comem espaguete! Nós podemos fazer espaguete de *glama* e o molho de *balo*!

Desde que colocara aparelho para corrigir os dentes, Sofia tinha dificuldade para dizer certas palavras. Nem todas as palavras — apenas algumas. Felizmente, seus amigos eram gentis com ela. Mas isso sempre dava nos nervos de Henrique.

Ao ouvir Sofia falar errado, Henrique parou de falar.

Sofia exclamou:
— Oh! *Nalcisos amalelos!* Vamos pegar alguns *pala* a nossa mesa!

Henrique revirou os olhos:
— Essa não, Sofia! Você parece uma bebê! É difícil entender você! Cresça!

Sofia olhou para Henrique. Ela apertava tanto as frutinhas neste momento que o suco começou a escorrer por suas pernas. Lorena e Délia olharam para Henrique. João e Diego olharam para o outro lado apreensivamente.

Henrique riu.
— Eu sou o único animal que não consegue entendê-la? É isso mesmo?

Então ele se voltou para seus amigos e disse:
— Vamos apostar uma corrida!

Quando chegaram em casa no final da tarde, Henrique já havia se esquecido completamente do que havia dito a Sofia, e de como ele a havia deixado envergonhada na frente dos seus amigos.

Mamãe perguntou:
— Como estava o lanche?

— Delicioso! — disse Henrique. — Ainda tem mais?

— Após o jantar — disse Mamãe.

Então ela se dirigiu a Sofia.
— E seus amigos, querida? Eles gostaram do lanche?

Sofia respondeu com um sorriso murcho:
— Sim, *obrigada*.

Sofia geralmente tinha tanto a dizer,
mas agora ela estava quieta.
Normalmente ela tinha histórias
para compartilhar, mas agora
ela apenas coloria em silêncio.

— O que está acontecendo com ela?
Henrique se perguntou.

Então Henrique se lembrou da caminhada
que fizeram juntos de volta para casa.
Ele se lembrou de Sofia parecer triste,
mas, em vez de pensar sobre o que acontecera,
Henrique decidiu apenas ser bem legal com Sofia.
Isso consertaria seu erro e melhoraria a situação.

Ele elogiou a camiseta de Sofia.

Ofereceu-se para brincar de pique com ela após o jantar.

E além de tudo isso, deu a ela a última amêndoa coberta com caramelo.

Henrique pensou: *Ótimo, agora podemos ir em frente e não dar
mais atenção ao meu erro.*

Mas, mais tarde, naquela noite, quando Henrique passava pelo corredor, ele ouviu Sofia perguntando ao Papai:

— *Pol* que eu tive que colocar *apalelho* nos dentes?
Pol que eu não consigo falar algumas *palavlas coletas*?
Sofia começou a chorar:
— Eu tenho tanta *velgonha*!

Henrique se apressou a sair dali.
Ele não queria ouvir mais. Ele se sentia horrível — e tinha medo. *A Sofia vai contar ao Papai o que eu fiz?* Pensou ele.

Henrique não queria ter problemas. Ele não sabia o que fazer, então tentou pensar em outras maneiras de ser legal com ela no dia seguinte. *Isso ajudará*, ele tentou se convencer.

Ele se deitou para dormir, mas *ainda* tinha aquele sentimento incômodo dentro de si.
Não importa o quanto tentava esquecer o que havia feito,
ele continuava se sentindo mal com tudo o que havia acontecido.

Na manhã de domingo, a família Ouriço se dirigiu à igreja. Sofia ainda não se comportava normalmente, em especial perto de Henrique. Ele sentia falta de brincar com ela. *Pelo menos ela não contou o que houve,* pensou Henrique. Durante todo o final de semana, ele se sentiu apreensivo esperando Papai falar com ele, mas Papai não falou nada.

Quando eles chegaram à igreja, Henrique e Sofia se uniram aos seus amigos na sala da Escola Dominical da srta. Beatriz. No quadro negro, ela escreveu com letras grandes: CULPA.

Quando a srta. Beatriz ia começar a lição, ela foi interrompida por um rebuliço.
Parecia uma briga... entre... patos?

A srta. Beatriz colocou seu livro de volta sobre a mesa.
Foi então que a pata Marina, irmã mais velha da Délia, entrou aos trambolhões.

Marina gritou:

— Por favor, Délia! Não fique irritada. Você está ótima!

A srta. Beatriz perguntou à Marina:
— O que está acontecendo?

— Perdão, srta. Beatriz.
Eu arrumei as penas da Délia esta manhã, mas ela está muito chateada!

Logo eles ouviram o som de folhas trituradas. Eles observaram quando um pé todo estranho pisou dentro da sala de aula, e, em seguida, o outro.

E então eles viram Délia — mas uma Délia muito *diferente*!

Eles viram uma pata com o *maior, mais maluco e extravagante* tufo de penas que já haviam visto! Parecia que ela havia acabado de passar por um tornado! Suas penas estavam tão levantadas e espalhadas que eles não entendiam como ela conseguia andar!

Todos suspiraram — até mesmo a srta. Beatriz. Marina sorriu pretensiosamente ao ver Délia entrar. Estava claro que Marina havia feito a Délia parecer ridícula de propósito.

A srta. Beatriz se recompôs e disse:
— Oh, Délia, sente-se. Estamos muito alegres por você estar aqui.

Délia escolheu um assento o mais distante de Marina
que ela podia encontrar. Ela deslizou em seu assento.

— Vamos continuar — disse a srta. Beatriz. — Já passou muito da hora da nossa lição. Falando sobre tempo, quantos de vocês usam um despertador para acordar de manhã?

Várias mãos se levantaram.

— Eu também — disse a srta. Beatriz. — Você sabia que Deus nos deu algo semelhante a um despertador? Se fizermos alguma coisa errada, mas não pedirmos perdão a ele, nos sentimos mal. Nós chamamos esse sentimento ruim de culpa.

— Quando nos sentimos culpados, é como se esse alarme estivesse disparando. É hora de fazermos alguma coisa! Nós precisamos ir a Deus e pedir ajuda a ele. Não é hora de esconder nosso pecado, ou de ignorá-lo, ou de ficar quieto a respeito dele, mas de vir e dizer tudo a Deus. Isso se chama confessar nossos pecados a Deus. Ela escreveu CONFISSÃO DE, no quadro, ao lado de CULPA.

A srta. Beatriz disse:
— O Grande Livro tem muito a dizer sobre isso. Ela escreveu: "Quem esconde os seus pecados não prospera, mas quem os confessa e os abandona encontra misericórdia."
Provérbios 28.13

Depois de lerem o versículo juntos, a srta. Beatriz disse:
— Certa vez eu disse uma coisa maldosa para a minha melhor amiga e realmente a magooei. Eu me senti mal, muito culpada, mas não disse nada a Deus sobre o meu pecado.

— Quando vi minha amiga novamente, em vez de pedir perdão, eu agi como se nada tivesse acontecido. Eu continuei me sentindo mal porque não confessei meu pecado a Deus nem pedi perdão. Eu não me sentia feliz; na verdade, eu me sentia culpada.

— É isso que nosso verso significa quando diz que não prosperaremos. Foi apenas quando pedi perdão a Deus e à minha amiga que a culpa se foi.

De repente, Henrique viu as coisas por uma nova perspectiva. Ele compreendeu que todos os seus sentimentos ruins durante o final de semana eram, na verdade, sua culpa! E agora ele sabia por que suas tentativas de melhorar as coisas com a Sofia não haviam ajudado.
Ele não cometeu apenas um erro; ele havia pecado. Ele havia tentado esconder seu pecado e suavizar a situação sem confessá-lo a Deus.

A srta. Beatriz passou um papel e disse:
— Vamos escrever o versículo de hoje para que possamos nos lembrar de sempre pedir ajuda a Deus. Porque Jesus morreu por nossos pecados, Deus sempre nos perdoa quando nos chegamos a ele. Ele nos dá seu Espírito que nos ajuda a amar os outros.

Quem esconde os seus pecados não prospera, mas quem os confessa e os abandona encontra misericórdia.

Enquanto Henrique copiava o versículo,
ele levou sua culpa a Deus lá mesmo. Ele orou em silêncio:

— Jesus, por favor, me perdoe por criticar a Sofia. Eu sei que não foi
certo e sinto muito mesmo por ter magoado a minha irmã.
Por favor, me ajude a não fazer isso novamente e
a realmente saber como amá-la.

Depois de orar, Henrique decidiu que,
na primeira oportunidade que tivesse, precisaria falar com Sofia para
consertar o relacionamento com ela da maneira *correta*.

Após a Escola Dominical, Henrique foi encontrar Sofia.
— Eu estava errado em zombar de você e te ridicularizar. Você me perdoa?

Os olhos de Sofia se encheram de lágrimas.
— Você foi tão maldoso, *Henlique*!

Fui mesmo — admitiu ele. — E eu sinto muito. Quando eu coloquei aparelho, eu tive dificuldade em dizer algumas palavras também, mas depois eu consegui.
Você também vai conseguir. Eu não quero que você se sinta constrangida com isso. E prometo não debochar mais de você.

— Eu não me *lemblo* disso. Você também teve *ploblemas*? — perguntou Sofia.

Henrique assentiu.

Sofia sorriu.
— Eu *peldoo* você, *Henlique*.

— Obrigado, Sofia!
Ele se sentiu tão feliz e aliviado!

Na manhã de segunda-feira, o lar dos ouriços estava agitado, com muita empolgação. Naquele dia, na escola, Sofia receberia o Prêmio Estrela de Ciências por seu livro animado sobre classificação de nuvens!

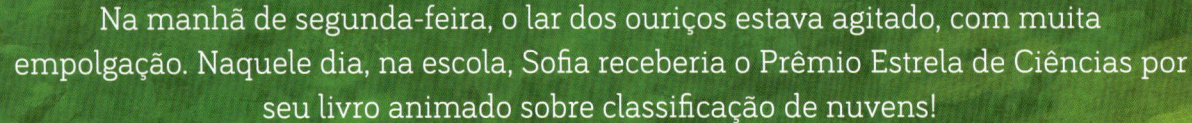

No café da manhã, Sofia olhou para o vestido que havia escolhido para o dia especial. Ela disse:
— Vocês todos não amam meu vestido *amalelo*?
Henrique sorriu para ela e disse:
— Ele é muito bonito mesmo. Esse prêmio é algo grande, Sofia! Estou muito orgulhoso de você!
Sofia abraçou Henrique:
— *Obligada*, disse ela... *pol* tudo.

Antes de irem para a escola, a família orou junta para pedir a bênção de Deus. Henrique perguntou se podia orar por eles.

— Sim, por favor, Henrique. Obrigado por oferecer — disse Papai.

Henrique orou:
— Querido Deus, obrigado por esse prêmio e porque a Sofia trabalhou muito em seu projeto. Ajude-nos hoje a honrá-lo em tudo o que fizermos. Ajude-nos a ouvir o teu Espírito e a nos voltarmos para o Senhor pedindo ajuda. Abençoe-nos. Pedimos isso em nome de Jesus.
Amém.

Henrique e Sofia correram pela campina em direção à escola.
Eles se encontraram com Diego, João, Lorena, Marina e Délia.

Henrique disse a eles:
— Amigos, sinto muito por fazer vocês se
 sentirem desconfortáveis quando eu zombei de
 Sofia na sexta. Eu estava errado e Sofia me perdoou, ainda bem.

— Estamos alegres por saber que está tudo bem com a família Ouriço! — respondeu Diego.

Marina e Délia olharam uma para a outra e sorriram. Parecia que tudo estava bem entre elas também. Certamente tudo estava bem com as penas da Délia hoje!

— E tem mais boas notícias! Hoje Sofia vai receber um prêmio! — disse Henrique a eles orgulhosamente.

Todos cumprimentaram Sofia e ela disse:
— *Obligada*, pessoal! *Agola*, quem quer apostar *colida pala* a escola?

Todos eles saíram correndo!

Ajudando seu filho ou sua filha com os sentimentos de culpa

Nós podemos sentir culpa por diferentes razões. Algumas vezes, nós nos sentimos culpados devido a acidentes. Por exemplo, você está jogando futebol e tem uma colisão com outro jogador que cai e quebra o braço. Você não pecou, apesar de se sentir culpado e da probabilidade de a pessoa se sentir descontente com você. Quando crianças têm acidentes, um dos pais pode explicar como o que aconteceu não foi culpa da criança (embora geralmente faça sentido pedir desculpas à pessoa descontente). Quando nos sentimos culpados sobre uma questão não moral tal como um acidente de futebol, isso é falsa culpa.

Esta história não se refere a falsos sentimentos de culpa. Ela diz respeito à culpa verdadeira que vem após pecarmos. Lembre-se de que uma criança provavelmente necessitará de ajuda para compreender a palavra "pecado". Uma explicação suscinta é a de que pecado é qualquer coisa que não é amável em relação a Deus e às pessoas. Henrique pecou contra sua irmã sendo grosseiro. Em seguida, ele se *sente* culpado porque *é* culpado. Seus sentimentos ruins são um sinal claro de sua necessidade de confessar seu pecado a Deus e pedir perdão à sua irmã.

Com o entendimento da culpa verdadeira, ensine seu filho/filha o que fazer quando eles se sentirem culpados. Aqui estão algumas ideias para isso:

1. **Ajude seu filho/filha a identificar sentimentos de culpa.** Pergunte a eles como se sentem depois de terem feito algo errado. Sentimentos de culpa podem ser difíceis de se descrever, então ajude-os com as palavras. Você pode falar sobre como Henrique se sentiu durante todo o final de semana depois de ter zombado de Sofia. Ele temia que seu pai descobrisse. Quando viu que Sofia estava triste, ele a evitou porque não sabia o que fazer. Ele tentou se esquecer do que havia acontecido, mas não conseguiu. Ele sentiu falta de brincar com ela; suas interações habituais mudaram porque as coisas não estavam bem entre eles.

2. **Inicie conversas nas quais você fala sobre casos de sentimentos de culpa.** Você inicia. Semelhante ao que a srta. Beatriz fez com as crianças, compartilhe um exemplo da sua vida que possa ajudá-los a compreender o sentimento de culpa que vem depois de ter pecado.

3. **Em seu lar, crie hábitos de confissão e de procurar o perdão entre vocês.** Nós pecamos todos os dias, então torne normal e contínuo confessar pecados e procurar o perdão uns dos outros. Seja modelo disso. Esteja na expectativa de fazer isso; essas são oportunidades de liderar pelo exemplo, de demonstrar humildade e de mostrar o que significa viver na luz diante de Deus e dos outros.

4 **Acompanhe seus filhos no processo da confissão e da restauração.** Depois de você ter pecado, seja exemplo desse processo para eles e treine seu filho/filha nessas etapas quando eles pecarem.

   a. Quando *confessamos* um pecado, nós colocamos em palavras o que fizemos de errado. Nós falamos essas palavras para Deus; nós as dizemos a quem machucamos. Precisamos ser específicos.

   b. Depois de confessar o pecado, o próximo passo é pedir a Deus que nos *perdoe* por aquela escolha errada que fizemos.

   c. Se tivermos pecado contra outra pessoa, pedimos a ela que nos perdoe também. Dizer "sinto muito" não é o mesmo que dizer "por favor, me perdoe". Dizer "por favor, me perdoe" significa que você aceita a responsabilidade por pecar contra a outra pessoa e que você reconhece que precisa da misericórdia dela. Observe juntamente com seu filho/filha como Henrique orou a Deus por perdão e procurou o perdão de Sofia. E, no final do livro, ele até reconheceu aos seus amigos que o tratamento que deu a Sofia em frente a eles os colocou em uma situação desconfortável.

   d. Finalmente, nós *agradecemos a Deus* por nos perdoar. Em oração, nós agradecemos a Deus por sua misericórdia. Nós agradecemos a ele por retirar a mancha de pecado de nós. Nós agradecemos a ele por Jesus, que recebeu a punição em nosso lugar para que pudéssemos ser recipientes da graça de Deus.

5 **Converse com seus filhos sobre como nós podemos confiar que Deus nos perdoa quando pedimos, porque isso é o que ele promete fazer na Bíblia.** Confiar em Deus significa que cremos que Deus nos perdoa — e nós cremos inclusive que ele fica satisfeito em se esquecer das nossas más escolhas! Nós confiamos que Jesus nos purifica de toda a nossa impureza. Ele sempre nos tratará com sua misericórdia quando formos a ele. Ele nos limpa da melhor maneira possível, e então estamos livres para nos deleitarmos nele e nos outros, para servir a ele e aos outros (Hb 9.14). Podem existir ocasiões em que duvidamos de que isso possa ser verdade, e nessas ocasiões nós nos comprometemos a rejeitar a culpa e a nos apoiar nas palavras graciosas e reconfortantes de Deus a nós em versículos como Isaías 43.25 e 1 João 1.9. Nós falamos sobre a graça de Deus uns para os outros, aos nossos próprios corações e a Deus. Ele tem prazer em nos mostrar misericórdia! Ele deseja que nos voltemos para ele e nos recebe alegremente quando o fazemos (Lc 15.11-32).

6 **Auxilie seu filho/filha a ver o amor de Deus por eles.** A vida não transcorre bem quando escondemos nosso pecado (Pv 28.13) — e se sentir culpado é um exemplo de como a vida se torna difícil. Mas Deus deseja que nossas vidas transcorram bem! E nós podemos ter certeza do amor de Deus por nós porque ele nos deu Jesus, que levou a punição do pecado por nós para que pudéssemos ser perdoados dos nossos pecados, assim nós podemos ser libertos da culpa que vem do nosso pecado.

Observe juntamente com seu filho/filha como Henrique se sentiu depois de ter consertado a situação com Deus e com Sofia. Por Deus nos amar, ele deseja que estejamos livres do sentimento de culpa. A liberdade e o alívio que Henrique sentiu é o que Deus deseja para nós também!

Esta obra foi composta em Bariol Serif Regular 13,0, e impressa
na Promove Artes Gráficas sobre o papel Couchê Fosco 150g/m²,
para Editora Fiel, em Março de 2025.